历史之谜

少年科学推理小说

北京科学技术出版社
100层童书馆

少年科学推理小说

历史之谜

图坦卡蒙的诅咒

〔法〕帕斯卡尔·艾德兰 著
〔法〕卡里姆·福里亚 绘
顾珏弘 译

北京科学技术出版社
100层童书馆

序 幕

1985 年 10 月 13 日，对亚历山大·斯努普来说可是个大日子。一方面，在这一天，他度过了自己的 85 岁生日，他的妻子、孩子和孙儿们都陪在他身边；另一方面，他做了一个重要的决定——把自己人生中最激动人心、最丰富多彩的那段岁月记叙成书。

那天傍晚，伦敦的寓所中，亚历山大坐在心爱的扶手椅上，陷入了沉思。藏在圆形镜片后面的双眼闪烁着光芒，他盯着打字机，桌上堆满了白纸、笔记和报纸。他还是像年轻时一样充满了好奇，渴望认识这个世界，揭开那些未解之谜——这也是他选择成为记者的原因之一。当然，随着年龄的增长，他的身体状况在逐渐变坏，现在的他对于探险不再有那样强烈的热情。他的老伴詹妮小姐很喜欢开他的玩笑，说他老糊涂了，但对他来说，还言之过早呢！

他深深地吸了一口气，敲动打字机。

"1922 年到 1930 年，我有幸参加了考古学家霍华德·卡特组织的埃及探险之旅。那次探险，我们发现了法老图坦卡蒙气势恢宏的陵墓，卡特也因此蜚声世界。这篇文章将见证那段非凡的经历。

"人们不断谈论那次探险，因为一系列神秘而可怕的死亡事件随之发生。在死亡人员中，好几人都曾经进入陵墓，并接近过法老的木乃伊。那段时间，全世界都在谈论'图坦卡蒙的诅咒'——入侵者打扰了法老安息，愤怒的木乃伊为复仇杀死了他们？

"我每次想起这件事，都感到后背发凉！但它又深深地吸引着我，让我着迷，让我大受折磨。我花了很多时间和精力调查此事，希望尽自己所能找出真相。对一个记者来说，这完全是分内的工作！"

亚历山大·斯努普停顿了一下，他注视着一幅画，那是小外孙女艾什莉今早送他的生日礼物，上面画的是法老守护神荷鲁斯的眼睛，荷鲁斯也被称为鹰眼之神，是邪恶势力的摧毁者。艾什莉画得非常好，那只眼睛和真正的神秘"荷鲁斯之眼"很相像，亚历山大为自己的外孙女感到骄傲！她才刚刚 10 岁，就决定跟随外公的脚步。她用绿色的大眼睛盯着外公，认真地说，长大后她也要成为一名记者，走遍全世界，为报社写稿！艾什莉的劲头和决心让人没法质疑她的话，她一定会走出属于自己的道路。说不定，她可能会对埃及文化感兴趣，并且研究古埃及的历史。

　　亚历山大记得很清楚，自己对于埃及的热情，要追溯到 1910 年 10 月的某一天，也是在那一天，他第一次看到木乃伊，第一次感受到那么深的恐惧……

第一章

小心木乃伊

那天，亚历克斯（亚历山大的昵称）刚刚满10岁，蒂图比老师带着他和同学们去伦敦大英博物馆参观。这座历史和艺术的宝库中珍藏着许多来自世界各地的文物，其中埃及的文物尤为引人注目。

展厅里的埃及展品真是精美绝伦！有华美的壁画：有的壁画上面画着缠着白腰带的农民，他们侧着身体，在田里辛勤耕种；也有的画着不多见的舞者，他们动作灵活，表演着杂技。还有一座戴耳环的黑猫小雕像……此外，还有大量棺椁。这些木质的棺材上装饰着奇怪的图案，像是用来保护着里面的尸体。棺材内壁上绘着长着胡狼头的阿努比斯神像。阿努比斯是死者的守护神。

小亚历克斯被深深地吸引了，同时，他有一种奇怪的感觉：虽然第一次看到这些物件，却总有一种熟悉的亲切感，就像很久之前就认识一样。

蒂图比老师带着孩子们一路小跑，向他们讲述古埃及的故事，时间很紧张，还有成百上千的展品等着他们参观。一开始，亚历克斯还认真地体会老师的话，但后来老师讲得太快了。对他来说，需要更充裕的时间来观察、欣赏展品，思考、消化所有的信息，认真地读一读展品的介绍，好好地感受梦回古埃及的美好……

于是，他很快就不听老师讲了。这个时候，同学们都拥到一个橱窗旁，七嘴八舌，吵得像蜜蜂一样。亚历克斯待在他们后面，伸长脖子往前探，只见一段长长的莎草纸上画着神秘的象形文字。他想象自己是个学识渊博的教授，尝试辨认这些文字，但他一个都不认识……

突然，他发现周围出奇地安静，是种死一般的寂静。此刻的他只身在一个光线昏暗的展厅里，班上其他的同学都不见了，就好像凭空消失了一样！

亚历克斯准备去找同学们。这时，他的目光落到了那个橱窗上，片刻之前，大家还围在橱窗边呢。这是他第一次看到真实的木乃伊！木乃伊中有一些缠绕着绑带，被放在棺椁中，另外还有一部分直接摆放在那儿，看起来又干又瘪，而且黑乎乎的，指甲呈钩状，脸部凹陷，眼睛被挖去……样子十分丑陋，但亚历克斯看得挪不开眼，完全入迷了。

突然间，微弱的灯光闪烁了一下，又熄灭了。亚历克斯陷入了黑暗之中！他听到一个轻微的响声，是从橱窗里的木乃伊那儿发出的！是一种刮擦的声音，就像是指甲在木头上划过的声音。随后，他听到嘎吱一声，紧接着又是一声冷笑！他吓得发抖，心脏在胸腔内猛烈地跳动。黑暗中，亚历克斯看到了（或者自以为看到了）一个木乃伊举起枯瘦的胳膊，伸向自己。

正在这时，一只有力的手抓住了他的肩膀！他尖叫着回过头去……发现原来是蒂图比老师。她眼镜片后的双眼睁得圆圆的，吃惊地望着他。

"原来你在这里啊！"她尖声喊起来，"我找了你10分钟了。孩子，别离开队伍乱跑！停电的时候，一个人待在这个黑乎乎的地方可不好。好了，快来，大家都在中国古代文物馆呢。"

关于那天发生的一切，是亚历克斯的想象，还是真实的超自然现象，究竟要如何判断？但不管怎么说，那天发生的一切让他对埃及萌生了强烈的兴趣，以及对于木乃伊病态般的恐惧，这种恐惧他一生都未摆脱！

于是，在接下来的几天，亚历克斯很大胆地向蒂图比老师提出的问题：“为什么要把人做成木乃伊？"

“亚历克斯，你要知道，古代埃及人有他们的信仰……"老师向他解释，“他们认为人死后会在另外一个世界重生，但前提条件是尸体不能腐坏。所以他们把尸体做成木乃伊，这样就不会坏了。"

“那要怎么做呢？"

“呃……尸体要经过一系列细致的处理……嗯，有点儿恶心。你真的想知道吗？"

“当然！"

“好吧。首先要去除大脑，还要把内脏，包括肺、肝、胃和肠子去除，只有心脏会被保留，因为古埃及人认为它是情感和智力的来源。"

亚历克斯感到一阵恶心。

蒂图比继续说："然后，尸体会被填上防腐的香料。之后，人们会给尸体涂抹油和松香，再放进盐堆里去除水分。最后，在尸体内部继续填入香料、布料、木屑和沙子，用亚麻绑带绑紧，绑带间还要塞进甲虫形状的护身符。古埃及人认为这些护身符能够护佑重生后的死者。"

"那内脏怎么办？"

"内脏需要另外进行防腐处理。大脑则会被切成片，放进四个罐子里——一种白色的瓦罐。这样它们就不会在木乃伊体内腐烂。"

亚历克斯惊得目瞪口呆，继续问道："所有人都会被做成木乃伊吗？"

"所有人？当然不是！做木乃伊需要很多钱，而且很花时间，前后需要七十天。穷人没有权利被做成木乃伊，他们死后就被随随便便埋进沙漠里，这样尸体多少也能保存一阵子。只有法老、贵族和他们家族的人才能被做成木乃伊，另外还有一些圣物，比如公牛、鳄鱼、埃及圣鹮……话虽这么说，但当然是只有法老才能被做成最好的木乃伊！"

"法老，就是最高的首领吗？"亚历克斯问。

"他们是古埃及的国王。"蒂图比老师心情很好，继续解释，"大约从公元前三千年起，他们轮流统治埃及长达三千年。大部分情况下，父亲传位给儿子，这种情况历经多个王朝。对了，你知道吗，对古埃及人来说，法老就是活着的上帝。他们拜倒在法老的脚下，相信他拥有神奇的力量。他们认为他有能力影响尼罗河水的涨落，这点对农业生产来说至关重要。"

"这么说这些古埃及国王应该很有权力啰？"亚历克斯很入迷。

"当然了，乖孩子。法老的权力可是很大的！他是整个国家绝对的统领，对各项事务拥有决定权，包括军队、司法、贸易、重大工程。在宗教方面，他也发挥着重要的作用，被称为大祭司。但他和其他祭司的关系很微妙，因为后者也需要维护自己的特权……"

"当法老真是太妙了……"亚历克斯自言自语，"听说他们有很多妻子，是真的吗？"

"是真的，有很多妻子，但只有一位是正式的配偶，另外还有一大群子女！而且你知道吗，法老的配偶可以是自己的姐妹或者女儿，因为他们认为，皇族成员之间相互通婚可以保持'皇家血统的纯洁'！当然，在我们今天的社会，这可是绝对禁止的！"

亚历克斯陷入了沉思，这一刻，他想象自己穿越到法老的时代，变成了法老，或者是法老的儿子！

老师打断了他的白日梦。

"我们再回到木乃伊和死亡这个话题上。要知道，每个法老都对自己未来的陵墓特别在意，因为他们认为那是个神圣的地方，是通向另一个世界的通道，法老的一生会为修建陵墓花费大量精力！死后，在葬礼上，法老的木乃伊会被放进棺材里，永远地封存起来。为了让法老的死亡之旅不孤单，也为了他们日后的重生，人们会在木乃伊旁边放上各种食物、仆人的小雕像、各类家具，还有精美绝伦的珍宝！"

然后，她还神神秘秘地补充道："对了，还有一件事情，根据当地的信仰，如果有一天法老的安息受到了打扰，他的灵魂会重新回到身体里，然后再回到人世间……"

拉美西斯二世

　　拉美西斯二世生于公元前 1304 年，卒于公元前 1213 年，是最负盛名的法老之一。他在位时间长达六十六年，创下了纪录！他善于作战，卡迭石战役之后，他同埃及的敌人赫梯人达成了宝贵的和平协议。拉美西斯二世为国家带来了繁荣与和平，同时，他还发起了几项重大的建筑工程，并且建设了新的城市。在他漫长的九十一年生命历程中，拉美西斯二世拥有超过两百位伴侣，近一百名子女。尽管他十分谦虚朴素，但还是让人为自己制作了大量的雕塑。

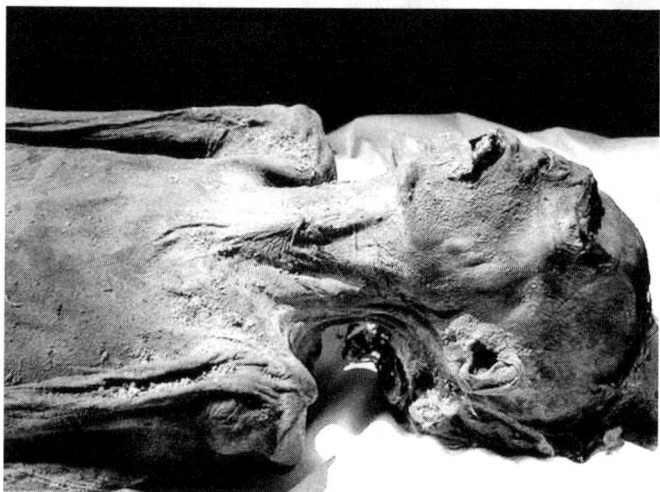

木乃伊

为了防止拉美西斯二世死后尸体腐坏，古埃及人将其制作成木乃伊。在良好的条件下，这种方法能够很好地保存尸体。拉美西斯二世的尸体在几千年后，脸部几乎依然完好！至于他的皮肤变成黑色则是因为泡碱的作用。泡碱是一种盐类物质，古埃及人将尸体浸入其中，使尸体干燥，便于保存。在霍华德·卡特的时代，要研究木乃伊，必须通过极其小心的操作，来除去木乃伊身上的绑带。在今天，这种做法已经不需要了，因为我们可以通过扫描仪器，获得医学影像。

第二章

神秘的陵墓

距离亚历山大·斯努普在大英博物馆的恐怖经历已过去了十二年。1922 年 10 月，他开始了埃及探索之旅。那一年，他 22 岁，已经成为了一名青年记者。他长着一张圆脸，上方是一双敏锐的双眼。他性格活泼，为人热情，拥有很强的洞察力。他供职于英国历史最悠久、名声最响亮的日报社——《泰晤士报》。当时英国正值经济危机，他发表了一篇文章，讲述失业者的艰苦生活，成功地引起了大众的关注。

他坚持要求编辑部派他去埃及，报道埃及学家霍华德·卡特的探险之旅。亚历克斯对新闻事件有很高的敏锐度，只要小手指动一动，就能写出一篇出色的稿子。

1922 年，他怀着激动的心情踏上了埃及的土地——这个让他魂牵梦萦的、法老的国度。第一次世界大战以来，埃及虽然保持着独立的地位，但实际上处于英国统治之下，处处受到英国的影响。这也解释了为什么大量的英国考古学家能够轻而易举去埃及进行发掘，像霍华德·卡特，还有愉快地加入进来的亚历克斯。

卡特进入这一行的过程很不寻常。他很有绘画天赋，17岁的时候，他的才能被一位埃及学家发现，受雇来到埃及。当时刚刚有一座古埃及的陵墓被发现，卡特就负责临摹陵墓中的彩色壁画。也正是借助这个契机，他通过现场学习各类知识，从一个打下手的辅助角色变成了一位真正的埃及学专家。当然，这也引起了周围同僚的批评，因为卡特没有其他人那么丰富的经验，而且有时不按规矩做事……

亚历克斯第一次见到他的时候，不由得偷偷笑了。这个男人举止高雅，考究的白衬衫上一丝不苟地系着领结，上唇的小胡子修剪得整整齐齐，而且是在埃及尘埃满天、热浪滚滚的沙漠之中！

但卡特的欢迎方式却是冷冰冰的。

"原来您就是来报道我工作的大作家啊？"考古学家用

力握着对方的手，"我可不希望您一直围着我转。"

"我……我尽量不打扰您，先生，我保证！"亚历克斯有点儿没站稳，结结巴巴地说。

众所周知，卡特脾气很差。他很容易生气，性格固执，不愿意妥协，但为人正直，对自己的工作充满热情，亚历克斯很喜欢他这一点。

"不管怎么样，"亚历克斯心想，"不要惹怒他……"

但很不幸，第一天，他就惹怒了卡特！亚历克斯把他的梅里路放进行李带了过来。梅里路是只黑猫，很讨人喜欢，从来没有离开过主人。这个家伙平时很喜欢到处惹事，而且不只是在主人面前。它先是钻进卡特的帐篷，偷吃了剩下的鸡肉三明治。在过道里，它又打翻了薄荷茶，茶水流到了埃及学家喜爱的笔记本上，他勃然大怒！

考古队中的其他成员，主要是埃及当地的一些工人，他们却被这一幕逗乐了。亚历克斯很快在这些人中间交到了两个朋友：工头阿迈德——他思路清晰，做事很有方法，而且对当地的情况十分熟悉；易卜拉欣——这个年轻小伙非常机灵，性格温和，知道怎么和运货的驴子交流并带领它们。

当天晚上，笔记本被清理干净了，卡特也接受了亚历克斯的道歉，他跟年轻的记者讲起了知心话："好吧，既然你很想了解这儿的情况，那么我就说说。五年前，我领着大家在国王谷进行考古发掘。当时的景象可谓是热火朝天！在讲陵墓之前，我还要好好跟你说说金字塔的故事……"

"十分乐意，卡特先生！"亚历克斯回答，他没告诉对方自己对这个话题其实已经颇为了解……

卡特开始跟亚历克斯解释："您应该知道吧，从第三王朝开始，古埃及法老们死后会被埋进尼罗河附近的大金字塔。您肯定知道胡夫金字塔吧。之后，还有第一中间期建造的金字塔，比如佩皮一世也选择金字塔作为自己的陵墓，但他的金字塔规模要小一些。"

亚历克斯插了一句："如果我没弄错的话，这些王陵中一定堆满了珍宝吧？"

"当然了。所以才会引起盗墓者的觊觎！为了迷惑盗墓的人，金字塔的建造者设计了复杂的通道，希望把入侵者引进假的墓室……但没有用。这些可恶的盗墓者盗遍了所有的金字塔，他们无所畏惧地深入这些神圣之地，全然不顾这样做会引发冥界的怒火，就算有可能受到惨痛的惩罚，也不能阻止他们。"

"什么样的惩罚？"

"任何一个偷盗王陵的人，只要被抓住，就会受到各种折磨，最后被刺死。至于那些细节，我就不跟您说了……"

"好的，谢谢！然后呢？"亚历克斯问道，"之后的那些法老是怎么做的？"

"在新王国时期，也就是公元前1550年到1070年之间，大多数法老，比如说图特摩斯一世、塞提一世还有拉美西斯二世都选择了不那么显眼的墓地。他们埋葬的地点就是著名的国王谷——在这儿往南，靠近当时的首都底比斯，也就是这个沙漠大峡谷的中心地带，周围都是悬崖。他们选择那里并非没有缘由，国王谷位于埃及的西侧，即面向着太阳落下的一侧，在古埃及人的眼里，那正是一个死亡之地。"

"这么说，这些法老都没有金字塔啰？"亚历克斯总结说。

"对，他们的陵墓就是在悬崖中开凿出来的，入口十分隐蔽。"卡特回答。

"如果说这些陵墓都被很好地掩藏在地下，那么这些伟大国王的木乃伊和珍宝是不是就不会被盗墓者发现了？"亚历克斯问道。

"那您可就错了！这些隐秘的所在也被盗墓者找到了，他们可是有两下子的。举个例子，有些守卫可能被盗墓者用药迷晕了，更可怕的是，双方还会相互勾结，盗墓者盗走宝藏后分给守卫一部分。"

"这些盗墓者又是谁呢？"

"从贫穷的手艺人、农民到富裕阶层，都有。有时候，甚至是那些建造陵墓的工人！到了晚上，盗墓者强行进入秘密通道，在黑暗中摸索着进入地下小道，最后找到墓室。我能想象出那种画面，既害怕又兴奋，哆嗦着打开神圣的石棺，然后把所有珍宝洗劫一空！"

"他们偷什么东西？"

"所有能偷的！护身符、黄金面具、宝石，为了拿走木乃伊手上的珠宝，他们甚至切下木乃伊的手指。然后，他们带着那些来不及细看又叫不上名字的珍宝逃走了，真是一群恶棍！"

"卡特先生，请告诉我，"亚历克斯请求道，"到目前为止，在国王谷一共发现了多少座法老陵墓？"

"到现在，一共六十来座，其中包括我自己发现的图特摩斯四世和女王哈特谢普苏特的陵墓。唉，可惜这些陵墓都在不同时期被盗过，很多木乃伊都不见了。但不管怎样，"卡特继续说，"我相信我们能在国王谷找到一座隐蔽且保存完好的王陵——图坦卡蒙的陵墓。他可是一位十分神秘的法老……"

考古学家停了下来。这之前，亚历克斯激动地听着卡特说话，他发现卡特的眼睛闪着光芒，脸颊红红的，就好像一提到这位传奇人物，内心的火焰就要把他吞噬。卡特似乎打算继续说下去，年轻人也很乐意倾听。

亚历克斯温柔地抚摸着在膝头打滚的梅里路，问道："卡特先生，您能不能先给我讲讲图坦卡蒙是谁？他到底有什么成就？我们的读者肯定很喜欢这些内容！"

卡特呼了一口气："很难说得全面。到目前，他身上还有很多我不了解的东西，他的生活还是个谜团。我们只能慢慢地把一些细节拼凑起来。据我所知，图坦卡蒙生活在新王国时期第十八王朝，也就是大约公元前 1350 年。他的父亲是法老阿肯纳顿———一位讨厌束缚、富有创新精神的法老！"

"对，我知道！"亚历克斯激动地打断了卡特，"阿肯纳顿尝试建立一神教。"

"确切来说，是他想要树立对单一神的崇拜，用太阳神阿托恩，取代当时受埃及人崇拜的其他神灵。阿托恩取代了阿蒙，成为宇宙的主神。但当时这个新宗教并不受大众的欢迎，当时的祭司们也拒绝交出权力。于是政局变得混乱，阿肯纳顿死后也备受诅咒。"

"之后他的儿子图坦卡蒙继位了。"亚历克斯总结得很恰当。

"对，但他当时叫图坦卡通。那时候他还只是个孩子，不到 9 岁，像所有的埃及小王子一样，他正处在学习射箭、打猎、驾驶战车、读书、写字的年纪……还无法统治一个国家！"

"那怎么办？"亚历克斯问道。

"实际上，小国王继位后的最初几年，大祭司艾与王后纳芙蒂蒂以及霍伦海布将军共同摄政。"

"也就是说，他只不过是一个傀儡？那么，他执政期间有没有独立做过决定？"

"这是个谜……"大学者轻声嘀咕，"但总之，图坦卡通恢复了先前的宗教，并且将自己改名为图坦卡蒙。卡蒙取自阿蒙神的名字。他娶了同父异母的姐姐安克赫森娜蒙。"

"我有个问题，谁是图坦卡蒙的母亲？"亚历克斯很疑惑，"难道不是阿肯纳顿的第一任妻子纳芙蒂蒂，大家口中的那位美女？"

"嗯，你虽然看起来天真，但对这个问题还是挺了解的。"卡特说，"我和同事们还没有弄清楚究竟谁是图坦卡蒙的母亲。如果有一天我们有幸找到他的陵墓，就可以知道更多的信息了……"他紧张地咬着上唇的胡子。

他望着远方，望向远处国王谷干旱的山坡。他坚信，图坦卡蒙神秘的陵墓就藏在那里的某个地方……周围陷入了沉默。

突然，传来了猫叫的声音，正是从卡特的帐篷里发出的。两个人赶紧跑过去。

亚历克斯的猫刚弄翻了特维提的笼子，特维提可是考古学家最珍爱的金丝雀。梅里路想要吃了它！这只会唱歌的小鸟几个月以来一直是考古队的幸运之神。有它在，大家的挖掘工作进展得格外顺利，所以大家都很爱它！不过还算幸运，小易卜拉欣在猫干坏事之前就把它逮住了。

亚历克斯严厉地斥责了梅里路，把它关进了笼子里。为了避开即将到来的狂风暴雨，他顶着卡特暴怒的目光走开了，一个人出去散了很久的步。

图坦卡蒙的陵墓

在整个国王谷中，图坦卡蒙的陵墓是最小的，但参观人数却是最多的。这使得陵墓状况堪忧。成千上万游客呼出的气体、空气中的湿气和沙尘开始损坏墓室中的壁画。后来，陵墓向公众关闭，进入修复期。有关方面制作了一个陵墓的复制品，供游人参观。在全世界范围内，按照图坦卡蒙陵墓局部等比复制的各种展览也在不断举办，使得参观者能够大饱眼福！

吉萨金字塔

　　在埃及首都开罗附近的吉萨，矗立着三座金字塔。中间最高的是胡夫金字塔，以法老胡夫本人的名字命名。作为王陵，胡夫金字塔已有超过 4500 年的历史，是世界七大奇迹之一。当初，这三座金字塔表面覆盖着光滑的白色石灰石。至今，人们还没有弄清楚，依靠当时简单的建造工艺，这些庞大而复杂的石头建筑是如何建成的。但有一点是肯定的，建造大军中有成千上万名工人、农民和专业匠人。

第三章

不祥的征兆

1922 年 10 月很快过去了。亚历克斯慢慢地融入了队伍，尽管霍华德·卡特还是有点儿难以接近。但不管怎么说，对卡特而言，能在国王谷领导考古挖掘显然是他一生的梦想，他为此倾尽全力。

年轻的记者很喜欢观察埃及工人们如何在工地上劳作。他有时候也去帮忙，希望自己能发挥价值，这一举动让大家颇为惊讶！他为供职的报纸写了一篇文章，介绍工人们如何像蚂蚁一般辛勤工作，但他不确定文章能否发表：相比于这些平凡的埃及工人，大众更感兴趣的是他们高贵的祖先……

工人大约有上百人，规模可不小。他们挥动十字镐一刻不停地挖土，忙忙碌碌。挖出的沙砾和石头，他们都要看一眼，检查上面是否有象形文字——那是一种专用文字，只有在记录一些庄严、神圣的事件时才会用到。发现了它们，王陵就不远了。挖出来的沙砾和石块被装进筐子里，由工人或者驴子背运出去，再倒进小火车的拖斗里运到外面，小易卜拉欣就是工人中的一员。工地上尘土飞扬，太阳又异常毒辣。工人们包着头巾，赤脚踩着大地，有些人唱着歌为自己加油鼓劲，他们的工头是阿迈德。

从五年前挖掘工作伊始算起，人们已经挖掉了成千上万吨石块和沙砾——这可是一项了不起的大工程！

亚历克斯发现工人之中经常弥漫着一种奇怪的气氛。他问会说英语的阿迈德和易卜拉欣，但是这两人不愿意多说一句话……

卡特呢，监管着整个工程，指挥大家的挖掘工作。他一刻不停地期盼，希望有一天能有振奋人心的发现。他选择的挖掘地点附近有拉美西斯二世、拉美西斯五世等法老的陵墓。其中有一位法老十分神秘，他的名字被抹掉了，黄金面具也被拿走了，就像被诅咒了一样，所以他很可能就是阿肯纳顿！他的儿子图坦卡蒙的陵墓也许就在不远处……

卡特的前任，西奥多·戴维斯在挖掘过程中发现了几件散落的物品，上面刻着图坦卡蒙的名字，其中包括在一块石头底下找到的彩陶杯，装着金箔的匣子……之后戴维斯坚信在国王谷已经没有其他宝物了。但卡特却恰恰相反，他坚信还能够有所发现！

1922年11月1日，亚历克斯很早就到了工地。他的猫弄翻了旅馆房间里的一个金龟子像，把他吵醒了。之后猫仰着肚子，在床上睡着了。

天还没怎么亮。沙漠中的冷风不停地吹，吹得帐篷顶咔咔作响，那里是卡特和队员们白天待的地方。卡特也早早就到了，他爬上了一个小土丘，盯着石头林立的山谷，陷入沉思。

突然，卡特的帐篷里传出了一阵轻微的响声，窸窸窣窣的。太奇怪了，里面明明没人！亚历克斯朝里面望了一眼，吓了一大跳：一条眼镜蛇悄悄游进了金丝雀特维提的笼子里，准备吞掉它！

亚历克斯最讨厌蛇了，特别是那些有毒的蛇！他双腿发软，但还是举起手臂，往前走了一步。

"去！走开，坏东西！"

受到威胁的眼镜蛇一下子吞掉了猎物，张开兜帽对着亚历克斯，准备喷出毒液。

亚历克斯十分警惕，小心翼翼地做防守状，并且发出警告，眼镜蛇掉头溜走了。

失去小宠物的卡特很难过。工人们神色阴郁，窃窃私语。

阿迈德脸色苍白，说道："这是个不祥的预兆！那条眼镜蛇是圣蛇，守卫法老，防御入侵者！它为什么吃掉我们的吉祥物，可能法老的亡魂被激怒了，因为有人侵入他的陵墓，想要打扰他永恒的安息！"

"太荒谬了！完全是迷信！"卡特斩钉截铁地说，"眼镜蛇是法老权力的象征，但不能仅仅从表面上看待这件事。而且，这是三千年前的说法，现在已经二十世纪了，你们说对吧！"

这件事触动了亚历克斯。当天晚上，他为《泰晤士报》写了一篇报道，讲述了这一不寻常的事件。在文章结尾他写下了这样的疑问：

说到底，这些人的想法有没有错？我们有没有权利，借着科学的名义闯进死者安息数千年的陵墓？而且，这些死者还是权势滔天的埃及法老！我们如何确定他们的亡魂不在附近游荡，他们不是在准备着报复亵渎者？我们知道这些国王的陵墓里都藏满了珍宝，但也有人说，得不到黄金，就只能得到死亡……

他有些微微颤抖，调整了一下打字机，继续写道：

好了，我们还是应该现实一些：那条眼镜蛇只是饿了，它好不容易找到了一个弱小的猎物，就是这么简单的一件事！不管怎么说，我知道现在整个队伍在担心什么。对此我会再专门写一篇报道……

年轻的记者尽力让自己不要害怕，但那天晚上他还是做了一个可怕的噩梦：他想要上床睡觉，一个黑黢黢的木乃伊就站在那儿，冷笑着，露出凌乱可怕的牙齿，然后快速地走向他，用尖利的指甲抓他。亚历克斯想要反抗，但浑身无力，木乃伊似乎很沉很沉。他扯掉木乃伊身上的绑带，里面出现的是一条巨大的眼镜蛇。眼镜蛇恶臭的气息和毒液，向亚历克斯脸上喷射而来。亚历克斯的身体很快变得像纸板一样干燥，之后化成了灰烬……

接下来的几天，挖掘工作继续进行。眼镜蛇自从那天就没有再出现了。像因为作恶而受到了诅咒一般，工人们精神紧张，出奇地安静。亚历克斯注意到他们的目光充满忧虑。

卡特对此毫无办法，他刚刚说服自己的朋友，也就是此次挖掘工作的资助人——住在英格兰的卡尔纳冯爵士继续支持国王谷的研究工作。尽管这次探险成功的概率很小，但让他放弃自己的梦想，绝对不可能！

卡特时不时会向亚历克斯发发牢骚，亚历克斯出现在这里让他很不舒心，而且他也没看出来亚历克斯能为科考工作带来什么真正的用处。

11月5日，事情终于有了进展，而且这项进展要归功于亚历克斯，或者更确切地说要归功于他的猫。那天，梅里路又在工地周围溜达，过了两个小时还没回来。于是亚历克斯跑去找它，之前的眼镜蛇事件让他有点儿担心！

在拉美西斯六世陵墓附近，他找到了猫。它当时正藏在一条小沟里，等着抓一只小跳鼠。为了逃命，这只来自沙漠的小鼠慌不择路地跳进了这条小沟里。

"梅里路，你这贪吃的家伙，放开它！"

抓到猫后，亚历克斯看到小沟旁边有个东西：一个陶土烧制的罐子。他惊讶极了，马上通知阿迈德把罐子挖出来。结果令人大吃一惊，罐子里居然有几个陶土的印章，上面的名字正是图坦卡蒙！另外还有花朵项链和当时葬礼上用的其他器物。

"是图坦卡蒙葬礼上用的东西！"闻声赶来的霍华德·卡特大叫起来，声音有些发抖，"天啊，他的陵墓可能就在附近！"

思考了片刻后，考古学家命令工人们都过来，转移到这里来挖掘，而且集中力量从拉美西斯六世的陵墓向下挖。他的死亡时间要比图坦卡蒙晚两个世纪。他的陵墓旁边，之前的挖掘工们住的小木屋还在。

很快，工人们开始翻掘土地，热情似火。他们运走石块、沙土。这些都是从前的工人挖拉美西斯六世的陵墓时留下的。

很快，奇迹出现了！一级台阶出现了，紧接着第二级……一级一级台阶一直延伸到地下。到了晚上，一共挖出了十二级台阶和第一扇门。门用石膏封着，石膏上面绘有图案。

卡特仔细检查。

"这是什么？"亚历克斯很好奇。

"国王的印章。"卡特呼了口气，回答，"当时国王谷的负责人给陵墓的门印上了官方印章。您看，上面画了阿努比斯神，居高临下地望着九个敌对的俘虏。几千年以来，这扇门都没有被打开过，您懂吧！这座被遗忘的陵墓就隐藏在拉美西斯六世陵墓的下面！"

因为激动，他的胡子颤抖了一下。

工人们开始窃窃私语。一部分人看到这一发现似乎很激动，另外一些人则显得非常担心……

亚历克斯抑制不住激动的心情，坚持要亲手摸摸那个举世闻名的印章。

"真是不可思议……这真是图坦卡蒙的陵墓吗，卡特先生？"

"我差点儿忘了，把您的手收回来。您知道这个印章多么珍贵吗？当然，不管怎么说，嗯……我感谢您发现了陵墓。"

难以置信！卡特居然表示感谢，亚历克斯惊得目瞪口呆。

时间很晚了，夜幕降临。我们的埃及学家尽管很没耐心，但还是决定把陵墓入口的一部分再填上，并且派人守卫。这个时候，小心是必要的，因为不少盗墓者时常在附近游荡！他花了很大的工夫说服工人们在那儿过夜。凄凉冷寂的月色下，在那扇没有人能够跨越的门旁边，大家其实并不真正清楚要守卫的是什么……

阿布·辛贝神庙

　　拉美西斯二世命人在埃及南部的努比亚沙漠中建造了阿布·辛贝神庙。这座在石崖上雕刻而成的巨大建筑展现了神灵和拉美西斯二世的荣耀。在入口处，是四座以拉美西斯为原型的巨大雕塑。高度达到 20 米，相当于八层楼房高。每年两次，阳光会照透入口。在 20 世纪 60 年代，尼罗河沿岸修筑阿斯旺水坝，埃及人不得不将这座神庙切割成几个部分移至别处，以防被大水淹没。

黄金塑像

在图坦卡蒙陵墓中挖出的宝物令人惊异。宝物挖出后在开罗的埃及博物馆展出。人们普遍认为，许多珍宝本不是特意为早逝的年轻法老准备的，而是来自其父阿肯纳顿的陵墓。这座图坦卡蒙的金色塑像头戴尼美斯——一种只有埃及法老才可以佩戴的条纹状头饰，是权力的象征。他的双手交叉于胸前，拿着权杖和鞭子——象征着自己的权力，引领、保护着他的臣民。

第四章

诅咒

11 月 6 日，发现陵墓的次日，霍华德·卡特给在英格兰的卡尔纳冯发了一封电报："国王谷有惊人发现！陵墓保存完好，等您到来后打开。热烈庆祝！"

接着，他抓紧联系了工程师和建筑家朋友亚瑟·卡兰德。之前的几次挖掘工作，卡兰德也多次提供协助。卡特邀请他马上前来帮忙，而亚历克斯则激动地把这个重大事件告诉了自己的报社。

两个星期之后的 11 月 23 日，轮船、火车、驴背……经过了漫长的颠簸，卡尔纳冯伯爵终于到达国王谷。他身着正装，打着领带，头戴礼帽，拿着手杖。亚历克斯觉得他比卡特更优雅！

卡尔纳冯伯爵出身于富裕的贵族家庭，热爱旅行，爱好收藏各类艺术品，而且，他还是埃及文化的狂热爱好者。他曾经遭遇过一次严重的车祸，没能完全康复，此后身体一直很虚弱。他和卡特是老朋友了，情谊深厚。

像平时一样，这次出远门，伊芙琳·赫伯特小姐依旧陪着自己五十多岁的伯爵父亲。这位女子年轻貌美，身穿灰色的套裙，一副欢快的神情，亚历克斯被她迷住了。但他知道她已经订婚，自己毫无机会。

卡特已经迫不及待地想要打开陵墓的入口。伯爵一到，工程马上开动。卡兰德也在现场帮忙。这个男人身材高大，肩膀宽阔，笑起来十分腼腆。在嘉宾们和亚历克斯的见证下，楼梯底部的石膏门已经被清理干净，上面出现了其他几个印章，刻着古埃及的象形文字：是图坦卡蒙的其他几个名字，这些共同构成了他的官方称号。

"这次，肯定没错了！"卡特欢欣鼓舞。

但突然间，他的笑容凝固了。他发现门上面有修复的痕迹。

"这是怎么回事？"亚历克斯小心地问道。

"我们瞧瞧。"卡特回答。

卡特仔细地描摹下门上的印章，接着，工人们砸开门。里面出现了一条向下的甬道，有一人多高。甬道里堆满了泥和白色的石头，从地面一直堆到顶部。但奇怪的是，左上方拐角处的石块颜色是暗的，与其他地方明显不同。

"这正是我担心的，"卡特咬牙切齿地说，"古代就有盗贼入侵过这座陵墓，之后又重新堵上了门！你们看，因为甬道里填满了砂石没法进入，盗墓人就在上面重新挖了一条通道。之后，这条通道又被填上了，所以石块的颜色明显不同。"

"这么说来……如果盗贼曾经进去过，陵墓可能已经被挖空了？"卡尔纳冯伯爵叹了一口气，有些焦急。

"唉，有可能！"

亚历克斯突然想到了什么，说了这样一句话："有没有可能这些是故意设下的陷阱，为了迷惑盗墓的人？"

"这种骗小孩的故事也能相信！"伊芙琳·赫伯特小姐嘲笑他。

亚历克斯不作声，有些生气。

阿迈德马上指挥工人清理甬道，但他显得焦躁不安。

"太危险了。"他轻轻拍打着陵墓的侧壁，跟亚历克斯说，"我们不知道天花板和墙壁够不够坚固，几个世纪过去了，有塌方的可能！而且……大家很担心会被眼镜蛇袭击。"

他没有再说下去。

在电灯的光照下，工人们继续清理。慢慢地，有人发现了瓦罐的碎片、铜制的剃刀、各类珠宝，另外还有一座年轻男人的小头像——很可能就是图坦卡蒙的。

"看得出来，盗墓者们被打断了。"卡特若有所思，"他们最后逃走了，抛下了这些东西。"

"被打断？为什么？"亚历克斯问。

"他们可能被什么东西惊到了，或者，他们害怕……"

"害怕？"

这个时候，电灯发出了轻微的爆裂声，熄灭了。甬道里一片漆黑。亚历克斯感觉一阵冷风吹过，脸上生疼，身上的汗毛都立了起来。这突然变黑的陵墓里，说不定某个可怕、阴暗的木乃伊就潜伏在附近……一些可怕的回忆出现在他的脑海里！他为什么要参加这次探险？什么馊主意！

但他告诉自己千万别叫，不然会被人笑话一辈子……

"没什么，电力小故障，会修好的。"卡特的声音十分镇定。

的确，灯光很快就恢复了，亚历克斯长长地舒了一口气。这个时候，小易卜拉欣手里拿出一个小物件，递给亚历克斯："这是'荷鲁斯之眼'。"他显然注意到了亚历克斯刚才的窘迫。"拿着这个护身符，"他声音很小，"如果你进入陵墓的话，它能保佑你。我就不进去了！"小伙消失了。这个古代的护身符一定是他在甬道的碎片里找到的。

亚历克斯犹豫了。拿走找到的宝物恐怕不太好！思考一番后，他还是悄悄地把这个挂坠戴在了脖子上。不管怎么说，就像亲爱的布兰达姨妈常说的那样："小心驶得万年船。"

第二天，1922 年 11 月 26 日，工人们清理完了甬道。第二道门出现了，门上石膏刻着的内容和第一道门的一样，也是图坦卡蒙法老的印章。

卡特、卡兰德、卡尔纳冯和伊芙琳以及亚历克斯都在场。另外，还来了一位恩格尔巴赫先生，他是古文物开采督察官，埃及政府派来的代表。亚历克斯屏住呼吸：这次，大家已经很接近目标了……

卡特尽量控制住自己激动的情绪，用一种果断坚决的姿势，凿开几千年来保存完好的第二扇大门。队伍里的工人又开始窃窃私语，看得出来他们很紧张。

"怎么了？"考古学家问道。

"像这样的陵墓，门上都刻着诅咒……"阿迈德紧锁双眉。

"这……是真的吗？"亚历克斯很担心。

"不常见。但人们进入阿斯旺的哈尔胡夫墓的时候也是这样。"古文物管理人说。

"的确，"卡特尽量保持冷静，读出了门上雕刻的内容，"上面写着，'目的不纯的入侵者将受到惩罚。'下面还有另外一句话，'如果来者纯洁善良，则会受到众神的保佑！'"

"这些话真叫人不敢放心。"亚历克斯自言自语道。

"别跟我说您害怕超自然的力量。"伊芙琳小姐讽刺他，"据我所知，记者应该都是脚踏实地、用事实说话的人！"

"我当然不相信，但是……"

"这些防卫措施都是针对盗墓的，但我们不是来盗墓的！"卡尔纳冯伯爵大声说，"我们做的一切都是为了科学，为了知识！"

"不管怎么说，这扇门上面没有什么诅咒，"卡特插了一句，"阿迈德，你可以让手下人放心了！"

卡特紧张地咬着胡须，继续投入工作。突然，一阵嘶哑、可怕的声音打破了宁静。

"嗨呜……呜……呜！"

声音从人们身后黑暗的甬道入口传来，所有人，除了亚历克斯都吓了一跳。亚历克斯听出了这是他的猫在遇到敌人时发出的叫声——为了警告对方不要靠近！

亚历克斯转过身，发现梅里路就在甬道的入口。它缩成一个球，身上的毛根根直立，和梅里路对峙的那只猫也突然发出了低沉的叫声。他替梅里路赶走了敌人，然后一把把梅里路抱进怀里。

"是你啊，捣蛋鬼，谁让你吓我们的？谁叫你跟我来这儿的？"

"您的猫搞乱我的工作了，斯努普先生！"卡特说。

"对……对不起。"亚历克斯结结巴巴地说。

"好吧，我原谅它了。不管怎么说，我们能够找到这么隐蔽的地方，还有它的一份功劳，"埃及学家露出了一个不易察觉的微笑，"而且，在古埃及，猫被认为是神圣的动物，它们有被做成木乃伊的特权呢。"

一想到自己的宠物可能被做成可怕的木乃伊，亚历克斯感到一阵恶心。但卡特头一次露出这样的微笑，怎么说也是件好事……

埃及学家在大门上凿开了一个小口。

"大家小心。"他说。

他点燃一根蜡烛，从小口中伸进去。

"他在做什么？"亚历克斯有点儿吃惊。

"他在探测有毒气体。"卡特的助手卡兰德解释说，"一些密闭了几个世纪的地方，像这儿，可能会有毒气。一旦接触到毒气，蜡烛会熄灭。"

蜡烛没有熄灭，说明里面的空气是可以呼吸的。透过摇曳的火光，卡特窥探着门后昏暗的空间。

大家站在他身后，屏住了呼吸，四周一片沉默。

"您看到什么了吗？"卡尔纳冯忍受不了这种悬疑古怪的气氛，开口问道。

"奇观！奇观！"卡特惊呆了，"难以……难以置信！"

他打开了手电筒，这样大家可以轮流看到王陵内部的情况：里面满是闪闪发亮的珍宝！

第五章

孤身守卫墓中宝藏

进入图坦卡蒙陵墓内部对五位访客来说都是极其美妙的一刻。而对于卡特，那是人生中最美好的一天，自己为此付出了那么多年的努力！他的眼中噙满了泪水，亚历克斯也异常激动。

"几千年以来，都没人进来过，简直难以置信！"亚历克斯踏进昏暗的房间，发出了这样的感叹。

但迎面而来的是一股巨大的霉味儿，周围的空气令人窒息。

亚历克斯和同伴们睁大双眼，静静地欣赏着眼前的一切。手电筒的光线照亮了阴暗的四周。他们置身在一个长长的房间里，里面堆积着几百件珍宝，都是供给法老死后享用的：有好多精美绝伦的箱子，上面画着战争的场景，其中有一个黑色的箱子，里面放着一条镀金的蛇，另外还有镶嵌着宝石的黄金战车、黄金的椅子、饰有六条眼镜蛇的宝座、雕刻精美的手杖、花瓶和弓箭，除此以外还有侍者的雕像、闪亮的项链以及一些卵形的匣子……

靠墙壁放着三张镀金的床，并雕饰有身姿舒展的公牛、狮子和河马。

"一座陵墓和一座保存完好的宝库，太少见了！"卡特低声说着，声音有些颤抖，"这真是史上最重大的考古发现之一！"

"对，说得对，盗墓者居然什么都没带走！"亚历克斯说。

他也尽量压低声音，像是为了不惊扰这个神圣的地方。

"说错了，年轻人！"卡兰德提出不同意见，"看，盗墓者把这里弄乱了，带走了一些容易拿的小物件，珠宝、珍贵的油料、纺织品……这儿，几支箭的头也被拿走了。有人来整理过，但是做得很马虎！"

亚历克斯注意到空气中扬起了细细的灰尘，墙上也有好几块发霉的地方，霉味儿就是从那里来的。

"这地方对身体可不好。"亚历克斯心想。

伊芙琳小姐一脸失望地说道:"怎么没有棺材!木乃伊在哪里?"

"其实,这一间应该是前室,类似于门厅。"卡特解释说,"我们要找的木乃伊应该藏在另外的墓室里,也许就在这扇门后面……"

所有人的目光转向了那扇藏在前室尽头的神秘之门。门是封住的,正前方有两座黑色木质镀金雕像,雕像手中握着手杖和权棒,守卫着墓室。它们目光阴沉,严厉地注视着来访者。

亚历克斯哆嗦起来:"啊,这些守卫真可怕!"

伊芙琳小姐笑出声来:"毫无疑问,亚历克斯,您就是胆小鬼之王!我敢说,您不敢独自在这里待十分钟!"

亚历克斯被激怒了,不假思索地反驳:"开什么玩笑。如果我愿意,可以一个人待一夜!"

"是吗?"她似乎并不相信。

亚历克斯的自尊心受到了很大的伤害,他决定捍卫自己的尊严。他向卡特提出请求,卡特对他的请求感到吃惊又好笑，但还是同意了。他同意把亚历克斯独自留在陵墓里，大家切断了电源，留给他一个手电筒、一块毯子、一些热茶和三明治。在必要的时候，他还是可以向门口的守卫呼救。

卡尔纳冯伯爵跟亚历克斯开玩笑说，如果他敢偷拿什么宝贝的话，第二天早晨就会被活埋。

"当然，前提是还得躲过木乃伊的攻击！"阿迈德走的时候打趣道，亚历克斯快要气疯了。

陵墓里很阴冷，尽管有手电筒，光线还是很暗。亚历克斯裹紧了毯子，坐在黄金宝座旁边的一个箱子上，打开手电筒放在膝头，在前室里安顿下来。手电筒的光照到对面的墙壁上，勾勒出可怕的阴影……年轻人认出了那些奇怪的动物就是刚才的床上的装饰，他舒了一口气。

周围一片寂静，湿气和灰尘堵在亚历克斯喉咙口。他呷了一小口茶，瞟了一眼门边的两座木质雕像。他有点儿发抖：在这扇门背后放着的很可能是图坦卡蒙的木乃伊，一个可怕的、很可能因为受到打扰而暴怒的木乃伊……而且，说不定周围还有整个木乃伊战队听命于他，时刻准备破门而出，在黑暗中匍匐前进爬向他！

"加油，老兄，打起精神，你可不是小孩子了！"他大声说。

但是他的声音很弱，在墓室里发出奇怪的回响。为了集中注意力，亚历克斯审视着周围闪耀着光芒的大堆财宝。真是令人难以置信，但无奈他不能碰。

突然，他觉得其中一尊雕像的一条手臂动了一下！他呆住了，好几分钟过去了。好吧，雕像并没有动，但他还是感觉到哪里有轻微的刮擦声……很本能地，他看了一眼脖子上挂着的易卜拉欣给的"荷鲁斯之眼"。

居然让人把自己锁在里面，真是疯了！真不知道他当时是怎么想的！

他紧张地抬起头，让自己稍微活动一下，然后笨拙地跨过一辆黄金战车的轮子。他一不小心撞倒了一个小矮凳，他失去了平衡，一头栽了下去……

"哦，还好没弄坏什么！"他舒了口气。

就在这时候，他感到浑身血液都凝固了：他的左手边立着一只大蝎子，致命的毒刺正对着他！只要稍稍动一下，蝎子就可能蜇他。亚历克斯一动也不敢动，他的大脑在不停地运转，感觉过了几个世纪。最后，他悄悄抬起右手，然后抬起整条胳膊，慢慢地摸到旁边放着的一根拐杖，之后一点一点小心地把拐杖拿了起来。蝎子并没有动。这时候，亚历克斯猛地一下把拐杖举起，向蝎子打下去……

他身子晃了晃，回过神来，已经汗流浃背。它居然躲开了！这只蝎子到底是从哪里来的？在这样一个密闭的陵墓里，它应该没办法存活，那么，它应该是在门打开的时候钻进来的，可真是个恶心的东西！作为埃及文化的爱好者，亚历克斯想起了古代埃及人十分崇拜塞尔凯特——一个半蝎半人的善良女神……难道说，是"荷鲁斯之眼"在保护着他？

我们年轻的记者感觉已经浑身虚脱，为了恢复体力，他吞了一个三明治，然后小心地在牛形床上躺了下去，当然在这之前他确认了上面没有蝎子、蛇或者其他东西。然后，他发现在床后面的小通道里，有一扇隐藏着的小矮门，门上有一部分坏了。他心想着明天要指给卡特看！

虽然木床并不舒服，但他还是在上面把身子舒展开来。

周围十分安静，一切慢慢归于平静。他不自觉想到自己身旁的房间里，一具木乃伊已经平静地在那里躺了几千年，内心的敬意油然而生。就在这个时候，他突然坚信，之前的想法太荒谬了，木乃伊肯定不会伤害他！已死之人不可能重新回到活人的世界！很奇异地，那种真实存在的危险驱散了一部分对于超自然的恐惧。但入睡之前，他还是轻轻地抚摸了一下脖子上戴着的"荷鲁斯之眼"。

清晨，经过短暂的睡眠之后，他脸上带着微微的笑意，身体也放松下来了。队伍中的其他人回来了，赫伯特小姐态度大变，她满怀敬意，轻轻地吻了他的脸颊。这个吻，让他一整天都心情舒畅！他成功了，一方面打赌获胜，使全队人都大为吃惊；另一方面，他几乎战胜了自己一直以来的恐惧！不过，在他睡觉的时候，珍贵的"荷鲁斯之眼"丢失在了黑暗之中，再没找回来。

那一天，大家清理了前室中所有易碎的宝物。这是打开第二个隔间之前要做的首要之事。第二个隔间里面很可能就藏着国王的木乃伊。工程十分漫长，并且异常细碎，一直持续了差不多两个月！大家为每一个物件编号、写记录、拍照、清理，然后保护起来……

很幸运地，有增援队伍来支持卡特了。在这群人中间，有三位埃及学家，其中包括亚瑟·马斯——个子矮小，但十分机敏，休·伊夫林－怀特——总是神情阴郁，满怀焦虑，詹姆士·布莱斯特德——一位热情的老者。另外还有处事谨慎的化学家阿尔弗雷德·卢卡斯，开朗活泼的摄影师哈里·波顿，他负责为每一件出土的物品照相，最后还有卡特的私人助理——神气十足的理查德·贝塞尔。

亚历克斯为《泰晤士报》写了一篇热情洋溢的报道，介绍了陵墓的发现过程和其中的珍宝。看到这样的爆炸性新闻，主编十分高兴！这篇报道像导火线一样迅速蔓延开来，很快，全世界的人都在谈论图坦卡蒙的宝藏！

卡特一下子出名了，简直快被各种各样的电报淹没了！有对他表示祝贺的，有提出想参观陵墓的，有想要拍电影的，也有要求购买纪念品的……此外，他还收到了一些奇怪的建议，告诉他怎么平息亡魂的愤怒。还有一些威胁：一些人控诉他亵渎神灵，盗窃珍宝；有些人写匿名信禁止他打开木乃伊的棺椁，否则将会引来木乃伊的神秘复仇……

一天晚上，暴风雨大作。考古学家担心大雨会淹没陵墓，但还好什么都没有发生。不久后，有人送来了一封神秘的电报，内容是建议考古学家们在陵墓前倒上牛奶、酒和蜂蜜，这样可以防止招来其他的麻烦！卡特笑了，他可一点儿也不信！接着，让他烦恼的事情来了。一大群满怀好奇的人蜂拥而至，其中不乏知名人士，包括埃及王子阿里·卡麦尔·贝，还有稳重的美国商人弗兰克·杰·古尔德，卡特不得不带领他们参观陵墓。奇怪的是，古尔德在陵墓里染上了严重的感冒。

对霍华德·卡特来说，最讨厌的来访者无疑是记者。他们向他连珠炮般地提出问题，窥探着整个科考队的一举一动，他们在烈日下长时间等着，只为了等待陵墓中新出土的宝物，然后再一拥而上。他们的这种行为激怒了卡特，他几乎不愿意回答他们的提问，甚至有时还给他们提供一些假消息。对于这些来势汹汹的记者，身为同行的亚历克斯也颇为厌烦。

为了制造爆炸性消息，很多记者在报纸上写道：陵墓中有堆成山一样的黄金、可怕的盗墓人、发怒的古代神祇，厄运正在来临……

"一派胡言!"亚历克斯怒不可遏。

一天晚上,卡特把他叫到身边:"亲爱的亚历克斯,我决定了,从今以后,您将成为唯一获许参与我们科考行动的记者。您供职的报社也将获得独家报道权。我……我以前对您有些误会。其实您是个严肃认真的人,跟那些讨厌鬼可不一样!拜托他们让我清净一下!"

亚历克斯简直不敢相信自己的耳朵!这可是天大的荣幸,他差点儿想一把抱住卡特!

1923年2月17日,陵墓前室中所有的珍宝都被清走了,墓室尽头的那扇神秘大门终于可以正式打开了。当时,一共有二十多人在场,除了科考队的成员之外,还有几位官方邀请的嘉宾。所有人的心情都异常激动。

在同事亚瑟·马斯的协助下,卡特挥动十字镐敲开了大门。此时,一面黄金墙出现了:那是一个"祭台"——一个覆盖着金箔的巨大木箱,高三米,几乎占据了整个房间,在里面的石棺中安息的正是图坦卡蒙……

天空之神——荷鲁斯

在古埃及人的日常生活中，到处存在着宗教的影子。他们崇拜的神祇多达几百位，他们认为这些神能够庇佑人类。许多神都拥有人的身体和动物的头。比如荷鲁斯是鹰头人身。他是天空之神，也是法老的守护者，维护着世间的秩序与和谐。古埃及人将他描绘成手持长矛，准备同邪恶势力进行斗争的形象。在下图中，站在荷鲁斯身后的是象征欢乐和爱的女神哈索尔。

  这些形象来源于古埃及传说，掌管埃及的冥王奥西里斯受人爱戴，其兄塞特颇为妒忌，于是他暗杀了自己的弟弟。奥西里斯之子荷鲁斯决心为父亲报仇，向伯父塞特发出决斗挑战。在打斗的过程中，塞特挖出了荷鲁斯的眼睛，扔进尼罗河里。但荷鲁斯找回了眼睛，并将这只能在复活、重生时发挥重要作用的左眼献给他的父亲奥西里斯。此后，这只被称为"乌加特"的魔力之眼被人们当作护身符来佩戴，它象征着健康、生育和辨别善恶的能力。"荷鲁斯之眼"也常被放在木乃伊的绑带中，或绘饰在棺椁上。

第六章

一系列死亡事件

接下来，图坦卡蒙墓室漫长的挖掘工程正等待着全队学者和工人们。为了打开巨大的"祭台"，取出其中的文物，整个科考队花了大约三年时间！

也正是在这三年里，第一波神秘死亡事件发生了……一切始于1923年3月。卡尔纳冯伯爵刮脸的时候弄破了脖子上被蚊子叮过的小包，创口受到感染，很快，他浑身无力，高烧不退。尽管他接受了治疗，却无济于事。4月5日凌晨两点，伯爵死于开罗。接下来，奇怪的事情发生了：他死的那一刻，整座城市的灯火突然熄灭，周围一片黑暗！另外，有传言说他留在英格兰城堡中的狗拼命哀号，之后猝死，时间刚好是主人去世的那一刻！

卡尔纳冯伯爵的离去让女儿伊芙琳悲痛不已，她回到了英格兰。朋友的死让卡特大为触动，深感悲痛，亚历克斯也是……

流言传播开来：有人说伯爵是非正常死亡！接着，谣言越来越多，因为在接下来的一个月，也就是1923年5月，加拿大考古学家拉福勒教授在前来看望朋友卡特的路上，突然死亡。当月，参观过陵墓的美国商人杰·古尔德也死了。之后，7月10日，同样参观过图坦卡蒙陵墓的阿里·卡麦尔·贝王子在伦敦一家宾馆被人开枪暗杀。两个月后，1923年9月26日，卡尔纳冯伯爵同父异母的兄弟——奥布里·赫伯特上校死亡，年仅43岁，死亡时间同他的哥哥仅仅差了半年。他死前也刚从埃及回国。

很快，各家报社竞相报道这一连串事件。各报纸认为所有这些死亡事件都是相关的，源于图坦卡蒙的诅咒，而卡特的金丝雀之死就是引发诅咒的开端。报纸的标题赫然写道："可怕的木乃伊再一次展开报复！""来自另一个世界的复仇"，甚至还有"整个英国害怕得发抖！"。

放眼全球，大家都对诅咒津津乐道，但同时也怕得要命。科考队中的几个埃及学家也开始担心，休·伊夫林－

怀特更是忧心忡忡，因为他是跟着卡特进入墓室的第一批人。1924年3月，他开始感到身体不适。很快，他陷入了悲观忧虑、暴躁易怒的情绪中，同时身体愈发虚弱不堪……终于在一天晚上，他选择了自杀。他留下遗书，上面写着："诅咒命我必须消失，我不得不屈从。"

亚历克斯对于媒体的连篇报道非常生气。另一方面，他还是一丝不苟地为供职的《泰晤士报》写文章，报道陵墓挖掘工作的进程，并不将笔墨过多用在渲染死亡事件上。当然，这一系列事件也困扰着他。

一天，厄运还是直接降临到了他头上。小猫梅里路一直以来都和他住在卢克索附近，也就是古底比斯城中的出租小屋里。梅里路还是一如既往到处闲逛，但已经变得越发乖巧，每天酷热难忍之时，它都会按时回家小憩。但那一天，它没回来，亚历克斯感觉事情不太对。后来，在一棵棕榈树下，他发现了已经死去的小猫。梅里路是被毒死的，亚历克斯震惊不已。

当晚，他一个人跑去国王谷。不久前，他爱上了这片土地。他不停地走着，希望能在这个荒芜、宁静的地方找到些许安慰。月光下，他看到豺狼群在游荡，其中一只很不一样，毛色黝黑，身形修长，长着长长的耳朵。它用火一般的双眼直直地盯着亚历克斯。年轻人不禁发抖：眼前的这只豺狼和死亡之神阿努比斯长得太像了！

"天啊，难道说，关于诅咒的故事是真的？法老的亡灵会生我们的气吗？梅里路也是被诅咒害死的？那么，我会不会变成下一个受害者？我可是唯一一个在陵墓中待了整晚的人啊！"

第二天，他把自己的担忧毫无保留地告诉了卡特。

"我说，你不会也跟其他人一样疯了吧？"卡特和他讲道理，这时候，他们已经很亲近了，"保持冷静的头脑，亲爱的亚历克斯，别去相信那些鬼扯。而且，作为一名优秀的记者，你更应该做的是去调查这些死亡事件，还读者一个真相……"

卡特说得在理。亚历克斯很佩服他这种强悍的个性，佩服他对工作总是充满热情。

于是他开始调查真相，并且解开了几个谜团。

首先是他的猫。可怜的梅里路很可能吃了一只被毒死的老鼠，老鼠曾经吃过几颗下了毒的粮食，而粮食则是一位邻居下毒后放在麦仓旁的。

卡尔纳冯之死：伯爵受到感染后，血液中产生了毒素，再加上身体虚弱，导致了死亡。那么死亡时灯光为何熄灭？开罗电力故障十分频繁，纯粹巧合而已！再说说伯爵的狗，死亡原因暂时还不太清楚，另一方面，也并没有明确的证据可以证明它和主人是在同一刻死去的。

超级富豪弗兰克·杰·古尔德的死，则是重感冒后感染严重的肺炎所致。

至于阿里·卡麦尔·贝王子，亚历克斯发现他曾经出轨，所以很可能他的妻子因为吃醋、妒忌把他暗杀了。警方最后也得出同样的结论。

另外，关于卡尔纳冯伯爵同父异母的兄弟：他在40岁的时候失明，给他治疗的庸医认为失明是由严重的牙齿问题引发的，于是拔去了他的所有牙齿，并且告诉他这样能够复明！在此之后，又对他进行了一系列复杂的手术，最后，可怜的奥布里·赫伯特死于败血症！

最后是休·伊夫林－怀特之死。一直以来，亚历克斯都觉得他个性忧郁，而且总是神神秘秘，很显然，他过得并不快乐，所以早就决定要逃离这样的生活。

《泰晤士报》发布了亚历克斯的调查结果，但是大众并不感兴趣，他们更喜欢的是奇异事件！

但没关系！为了完善自己的调查结果，亚历克斯开始调查各类"木乃伊事件"的历史资料。他回了好几次英国，也多次前往巴黎，查阅各类文献。他了解到，16世纪，处于文艺复兴时期的欧洲大量引进埃及的木乃伊。它们被磨成粉末供人们食用，而且大受欢迎！人们认为木乃伊的粉末可以治愈多种疾病，并且能够令人重获青春。法国国王弗朗索瓦一世就曾经服用过大量的木乃伊粉末。

那个时候，贵族还喜欢在家里展览棺椁中的木乃伊。木乃伊令他们着迷！

进入19世纪后，食用木乃伊粉末的热潮过去了。人们开始用木乃伊制作颜料，这种颜料被称为"木乃伊棕"，并用于油画上。

亚历克斯感到惊愕不已：这剥夺了它们永恒的安宁，对木乃伊来说真是极大的不尊重！而且还有人吃木乃伊，真是太恶心了！

另外，依靠朋友阿迈德的翻译，亚历克斯从开罗当地存档的报纸上有了其他的发现。1881年，埃及古代文物局的几个工人从一座陵墓中搬出一具木乃伊。路上，他们在树荫下休息了一会儿，但把木乃伊留在了阳光下。当他们准备继续上路时，发现木乃伊变化了：它的胳膊立了起来，并且做出了一个威胁性的姿势！工人们怕极了，人们对此事议论纷纷，并且开始胡思乱想。

在当时的几本科学杂志上，亚历克斯发现了一个合理的答案，很好地解释了这种奇怪的现象。几千年以来，这具木乃伊都处在潮湿、阴凉的环境中。一旦暴露在正午的阳光下，它便起了反应：肌肉变得更加干燥和紧实，使得手臂的一部分立了起来。看到这个解释，亚历克斯松了一口气，这说明木乃伊自己并不会动！

然而，另一则消息让他又有了新的疑虑：他发现几年前卡特曾经把一具无名木乃伊的一只手作为礼物送给了一位名叫布鲁斯·英格汉姆的朋友。那具木乃伊是卡特在一次挖掘中发现的，它戴着一个手镯，根据当时报纸的报道，手镯上面刻着这样的话："任何触碰我身体之人都将受到诅咒！遭遇大火、洪水和瘟疫的折磨！"卡特的朋友并未在意，并把木乃伊的这只手当作镇纸来用。在亚历克斯看来，这可真是个奇怪的主意！不久之后，英格汉姆的房子被烧毁，他想要重建，这时当地一条从未发过洪水的小河突然涨潮，淹没了房子。

亚历克斯跟卡特提起这件事。

"确有此事，"卡特给出了肯定的回答。他像平时一样烦躁地捋着胡须，"但这种事情很常见，和诅咒并没有任何关系！不过话说回来，我的礼物可真是不怎么样，这我得承认。"

亚历克斯一面调查神秘死亡事件，一面继续报道陵墓挖掘进程。作为整座陵墓中最神圣的地方，两年半以来，这里的每一项发现都牵动着大家的神经！但工程难度大，当地气候酷热难耐，因此整项工作进展十分缓慢。

最后，巨大的镀金祭台终于被打开了，里面还有三个精美绝伦的偏祭台。卡特松了口气，看这三个偏祭台的样子，可以判定没有被盗墓者动过。

主祭台中装着一个长方形的红宝石石棺，石棺的每一个角上都有女神装饰。女神张开双翅，保卫棺中的死者。石棺的棺盖极沉，必须要动用滑轮和缆索才能移开！

石棺内还放着三层木乃伊形状的棺材。在木乃伊的制作过程中，三层棺材之间用树脂黏合。想要把它们分开，必须十分小心。

终于，棺材被分开了！队伍中的所有人都激动不已：可以见到真正的艺术珍宝了！第一层棺材是木质镀金的，第二层镶嵌着彩色玻璃片，第三层是纯金的！每一个棺材上都用黄金绘饰着法老英俊、年轻、安宁的面容……至少，艺术家们是这样表现法老的。他戴着法老的头饰，上面立着圣蛇——那条著名的眼镜毒蛇。他的下巴上有长长的胡子——象征着法老的神权。他手里握着节杖和鞭子，象征着无边的权力。

人们长久以来等待着的那一刻就要到来了：木乃伊的真面目即将被揭开。所有人几乎都按捺不住了，就连一向镇静的阿迈德也焦躁起来。亚历克斯感觉浑身不适，小声嘟哝起来："高贵的法老，打扰您了，衷心请求您原谅，请求您原谅……"

怪事发生了，他感觉远处有低声私语，然后一阵阴风吹过脖子。当然，这又是他想象出来的！他开始后悔弄丢了护身符"荷鲁斯之眼"。

法老的木乃伊终于出现在了大家面前：浑身绑满了绑带，戴着嵌有玻璃和宝石的黄金面具，精美绝伦！

1925 年 11 月 11 日，人们解开了木乃伊的绑带。卡特、卢卡斯、波顿和亚历克斯都在现场协助。解剖学专家道格拉斯·德瑞和萨莱·贝·哈姆迪万分小心，慢慢地，一步步除去木乃伊身上十三层腐烂的绑带。

木乃伊身上放着一百五十多个护身符。但令人失望的是，木乃伊保存得并不好，甚至可以说状况很差。亚历克斯强忍着恐惧，强迫自己靠近观察。木乃伊又干又瘦，黑黢黢的，但这并没有让他觉得恶心，它甚至看上去还有点儿威严的感觉，就像在陵墓中的那晚一样。亚历克斯对它充满了敬意，周围的同伴们也有相同的感受。

接下来的几天，人们对木乃伊进行了修复和研究，对它进行解剖和 X 光透视。很明显，图坦卡蒙死的时候很年轻，大约 18 岁。他身高 1 米 65，身材瘦削，一条腿断了，死因成疑……似乎，他的后脑受到过重击。难道他是被暗杀的？

这种假设让亚历克斯不寒而栗。他在现实和奔涌的想象中摇摆不定：一个被暗杀的法老的亡魂恐怕不会太可爱吧……

然而，几天之后，他得知了阿西巴德·道格拉斯·里德的死讯。这位学者曾经给木乃伊做了 X 光拍摄，可他的身体向来都很好……

卡特和卡尔纳冯伯爵

　　照片中右侧的霍华德·卡特和左侧的卡尔纳冯伯爵关系亲密。伯爵是英国贵族，拥有巨额财富。卡尔纳冯伯爵痴迷埃及文化，他资助卡特开展国王谷的考古活动。照片拍摄的就是两人在1922年底参观图坦卡蒙王陵挖掘地的场面。挖掘工作接近尾声时，卡尔纳冯伯爵去世，没有见证法老墓室的发现，他的神秘死亡是所谓的"系列死亡事件"的第一起。

棺椁

最后一层棺材是纯金的，非常值钱！里面装着图坦卡蒙的木乃伊。1968 年，埃及学家们发现木乃伊的保存状况很差。他们认为，霍华德·卡特其实不知道怎么处理木乃伊。当时，他打开棺椁，但在搬动、处理时，使它遭到了损坏。卡特出身贫寒，并没有接受过系统的考古学习，他的所有知识源于现场学习。尽管后来他学识渊博，但知识体系依旧不完整。他的发现也没有像他一直希望的那样，得到学术界的认可。

第七章

另一串死亡事件和一系列猜想

1926 年，考古学家和工人们开始发掘图坦卡蒙陵墓的第三个隔间。这个隔间紧挨着发现木乃伊的墓室，卡特将其命名为"宝藏室"，因为里面藏着无数的珍宝，而且这些宝贝是整座陵墓中最精美的！

　　大家清点其中的上百件宝物：装满珠宝的匣子、黄金雕像、精美绝伦的饰物（其中一部分已经被古时的盗墓者偷走了）、花瓶、国王塑像，还有船只模型——用来把国王渡往另一个世界……

　　在门口的台阶上，立着阿努比斯的守卫像。隔间的尽头立着一个庄严神圣的黄金柜，那是一座神龛。上面放着四个装内脏的白色瓦罐，瓦罐被做成棺木的样子。图坦卡蒙在被制成木乃伊时挖出的内脏就放在里面。

人们在房间中还发现了一个普通的木盒，但这并不是一个美好的发现。打开后，里面是两个很小的棺木，各装着一个制成木乃伊的婴儿。德瑞教授认为，这些婴儿应该出生后不久就死亡了，他们很可能是图坦卡蒙和妻子安克赫森娜蒙的孩子。

之后，1927 年 10 月，人们开始挖掘整座陵墓的最后一间隔间。就是那一晚亚历克斯在前室中发现有暗门的那个小间。这个隔间里塞满了东西：床、椅子、王座、小雕像、铁甲、盾牌、标枪、塞尼特游戏板（古埃及的一种鹅棋）、酒坛、用来盛装食物的篮子（装着面包、肉类、蜂蜜、葡萄干、椰枣，供法老来生享用）等。整个隔间被塞得满满的，人们甚至没有下脚站立的地方！

"很明显，这里已经有盗墓人来过，"卡特不太高兴，"这些恶棍想要找宝贝，把这儿弄得乱七八糟，像地震过一样！后面就再没人整理了。"

在挖掘期间，亚历克斯一直都在场，他注意到一个白色的箱子上有个脚印，那很可能是盗墓者留下的，三千年以来一直留在那儿，完好无损。

他震惊地问道："图坦卡蒙身边为什么会有这么多珍宝？如果我没搞错的话，他可是一位相对节俭的国王，统治时间也不长！"

卡特和卡兰德露出了相同的微笑。

"你要知道，和其他伟大的国王相比，这些宝贝可算少的！"卡兰德双目炯炯有神，"真希望我们能找到拉美西斯二世的陵墓！"

那儿的宝贝难道更加华美夺目？对一个年轻的记者来说，这可真是难以想象。

卡特提醒亚历克斯，这座陵墓可能并不在图坦卡蒙的计划之内，因为他死时非常年轻，在世时还没有时间像其他法老那样筹划陵墓的事情，所以部分珍宝可能是从他父亲阿肯纳顿的陵墓中拿出来的。

在接下来的几年中，"神秘死亡"的黑名单还在不断增加……亚历克斯困惑不已，努力保持清醒的头脑，一直紧密关注着这些事。

1926 年，在卡尔纳冯去世前照顾他的护士玛丽·斯科特－亚瑟，突然死亡，年仅 42 岁，死因不明。但据亚历克斯了解，她应该是过劳而死。

第二年，一位法国埃及学家乔治·本尼迪克特突然死亡。此前不久，他刚刚参观过图坦卡蒙的陵墓。

1928 年，亚瑟·马斯——曾经协助卡特打破墓室墙壁的英国考古学家，在没有任何明显原因的情况下死亡。

1929 年，有人发现卡特的私人助理，也就是 35 岁的理查德·贝塞尔死在床上。死亡地点是他常去的一家位于伦敦的俱乐部。此前，贝塞尔身体一直都非常好，不过也可能是他心脏出了问题，但谣言四起，有人说他是在睡梦中被人绞死的。从调查员的口中，亚历克斯没有得到任何确凿的信息。

第二年，理查德·贝塞尔的父亲维斯特布里爵士从伦敦的寓所跳下身亡。他收藏了一系列埃及艺术品，但这些并非来源于图坦卡蒙的陵墓。警察认为是自杀，原因应该与他儿子的死有关。但奇怪的事情还是发生了：爵士的葬礼上，一个孩子被灵柩撞倒后死亡。

1930 年，负责处理大英博物馆墓葬藏品的艾德加·斯蒂尔去世。此前，他接受了一项常规的胃部手术。

1934 年，大英博物馆的埃及学家恩内斯特·瓦利斯·布吉死亡，亚历克斯认为这是正常死亡——77 岁也算是高龄了。

1935 年，另一位考古学家詹姆士·布莱斯特德去世。死亡前，高龄的他完成了最后一次埃及探险，但并未参与卡特开展的挖掘工作。

至此，一共发生了大约 15 起死亡事件。这些事件或多或少都有疑点，并且同图坦卡蒙相关……根据相关统计，死亡人数甚至已经达到了 27 人。

这在民众中产生了巨大的影响，一有新的死亡事件宣布，就让人不禁害怕。各路科学家、记者对"系列死亡事件"或者是其中的几起提出各类不同的解释。有的假设严肃可靠，也有的荒诞不经……亚历克斯对这些假设一个个地仔细分析，在厚厚的笔记本上仔细记录。在每一个假设后，他都写下了自己的推理过程。

假设：

1）法老复仇？ ⟹ **也不是完全不可能，但难以论证。**

2）解剖木乃伊过程中散发出的毒气？ 由于密闭的

墓室内氧气缺乏，毒气的影响会更强。实际上，在好多次挖掘石墓的过程中，研究人员都感到头痛并且出现过中毒症状，甚至有人丧命。⇒ 可能性不大，因为挖掘过程中出现的不适或者死亡事件都是即刻发生的。

3）埃及的藏品被诅咒过？很多收藏家在听说这些离奇死亡事件后，都惊慌不已，主动将藏品赠给大英博物馆，当然后者也十分乐意免费获得珍贵藏品！⇒ 这种假设很难成立，因为只有少数几位死者死亡时还拥有藏品。

4）眼镜 蛇的毒液？据说有一条眼镜蛇曾经咬了多位考古学家。⇒ 但事实上，出现的唯一案例是这条眼镜蛇只咬伤了一个人：特维提·勒·加纳利。

5）古时候制作木乃伊的人可能曾经用杏仁油浸泡过木乃伊的绑带。随着时间的流逝，杏仁油会挥发出致命的有毒物质。几位忧心忡忡的政客甚至还派人调查博物馆中陈列的木乃伊的毒性。⇒ 结论是否定的。这种毒性物质能即刻致人死亡，但这系列事件中的死者都是在随后的几年时间里才去世的。

6）一种沉睡了三千年的病毒依旧存在活性？⇒ 不现实，病毒需要寄生在活细胞上才能存活，无法单独生存！

7）埃及的祭司留在陵墓里的麦子有毒？麦子染上了"黑麦麦角病"，能够使人发烧打寒战，产生妄想，头部和腰部剧烈疼痛，浑身脓肿直至死亡。⇒ 这种想法也被否定了。因为它如果成立的话，必须每个人都吃这种有毒的麦子！然而，即使是令我万分思念的小梅里路，它的死，也并不是麦子引起的。

8）祭司在陵墓中点的蜡烛被涂了砒霜？⇒ 可能性很小，因为在墓室内，并没有发现任何蜡烛的痕迹。

9）墓室的壁画上长了有毒的真菌？⇒ 有这个可能。但是仅仅通过呼吸并不足以致人死亡，除非当事人肺部状况本来就非常差。

10）蝙蝠的粪便中产生了致命的真菌，使人染上严重的肺炎？⇒ 有可能。但问题是图坦卡蒙的陵墓中并没有什么蝙蝠。

面对这些假设，亚历克斯有些困惑。好几个人的死明显都是某种神秘的突发疾病导致的，但是大多数深入墓穴，靠近过木乃伊的人都没有横死！卡特身体还是非常强健，另外还有卡兰德、伊芙琳·赫伯特小姐……亚历克斯自己也是，而且他还很勇敢地在密闭的墓室内过了一整夜！真是奇怪……

但可以确定的是，那些报纸很大程度上夸大了死亡事件。其中几起死亡事件与法老陵墓没有任何关联！另外，把这些事件联系起来看的话，所有的死亡都有疑点，但大部分都有一定的时间间隔。所以，很可能只是简单的巧合而已！

他和几位同行讨论过，他们所在的报社都报道过这些轰动事件。他们向亚历克斯承认：由于《泰晤士报》拥有图坦卡蒙陵墓挖掘工作的独家报道权，所以他们只好抓住卡尔纳冯之死大书特书，制造出神秘的诅咒一说。读者们对这样的说法趋之若鹜，报纸因此大卖！——这种解释正契合了亚历克斯一直以来的怀疑！

好几个记者还承认，他们从玛丽·科雷利的书中获得了启发。小说家科雷利热衷于描写历史上的神秘、荒诞和超自然的事件，可以说是这方面的专家。她在作品中曾经提到过对于盗墓者的惩罚："谁打扰了法老的安宁，死神的翅膀就将降临在谁头上！""任何闯入密闭陵墓之人，都将受到最可怕的惩罚！"

甚至连夏洛克·福尔摩斯的创造者，著名作家柯南·道尔都在作品中提到了"木乃伊的愤怒""疯狂的诅咒"。作为魔法和灵异事件的狂热爱好者，他断言，古埃及的祭司们为了守护年轻法老的安宁，对陵墓施加了咒语。

所以真相是：轰动世人的诅咒纯粹是编造出来的！但一部分死亡事件还是存在疑点……就如同图坦卡蒙的死亡一样……

1930 年，法老陵墓中的最后几件物品被清空（物品总件数达到了 3500 件）。经过八年高强度的挖掘，此次考古工作终于结束了。

霍华德·卡特实现了自己毕生的梦想，他的名字也将载入史册。

亚历克斯也告别了科考队。离别时，卡特第一次紧紧地抱住了他。

"亲爱的亚历克斯，祝你今后的事业越来越好，一帆风顺！"

亚历克斯十分感动。同时，他也要和朋友们——阿迈德和易卜拉欣分别了。

图坦卡蒙陵墓中的珍宝，包括他的棺椁和木乃伊都被放到埃及开罗博物馆中展出。来自世界各地的游客都竞相前来参观。

亚历克斯返回伦敦的前一晚，发生了两件令他吃惊的事情。在卢克索附近的家中，他刚要入睡，就听到屋外响起一声轻轻的猫叫。他跑出去，看到夜色下一只黑色的小猫把爪子放在小屋的门上。小猫看起来迷路了，而且很饿。它和梅里路看起来一模一样，甚至连下巴上的星形白斑都长得一样。亚历克斯心头一震，马上决定收留它，把它带回英国。小猫安心地在他的手中"喵呜、喵呜"地叫起来，就好像他们认识了很久一样。

亚历克斯带着新伙伴回到卧室，这时，他惊讶地发现：摊在床上的行李箱的空隙中，静静地躺着"荷鲁斯之眼"——那一晚在图坦卡蒙的陵墓中丢失的保护神！它怎么会出现在这里？恐怕他永远都弄不明白了……

当时媒体的反应

　　1924 年，一家意大利报纸刊登了这张卡特和科考队发现图坦卡蒙棺椁的照片。他们会在里面找到什么？在那个时候，全世界的媒体都聚焦这项神秘的挖掘工作，关注着法老宝藏的出土。但记者不断的纠缠让卡特筋疲力尽，他决定把独家报道权交给英国报纸《泰晤士报》。为此，好几家报社非常愤怒，于是编造了"法老的诅咒"的说法。这个说法在读者中引起了巨大的轰动，逐渐变成了民间传说。

LA DOMENICA DEL CORRIERE

| Anno ... L. 10,— ... L. 20,— | Si pubblica a Milano ogni settimana | Uffici del giornale: Via Solferino, 28, Milano |
| Per le inserzioni ... | Supplemento illustrato del " Corriere della Sera ,, | Per tutti gli articoli e illustrazioni ... |

Anno XXVI · Num 8. 24 Febbraio 1924. Centesimi 20 la copia.

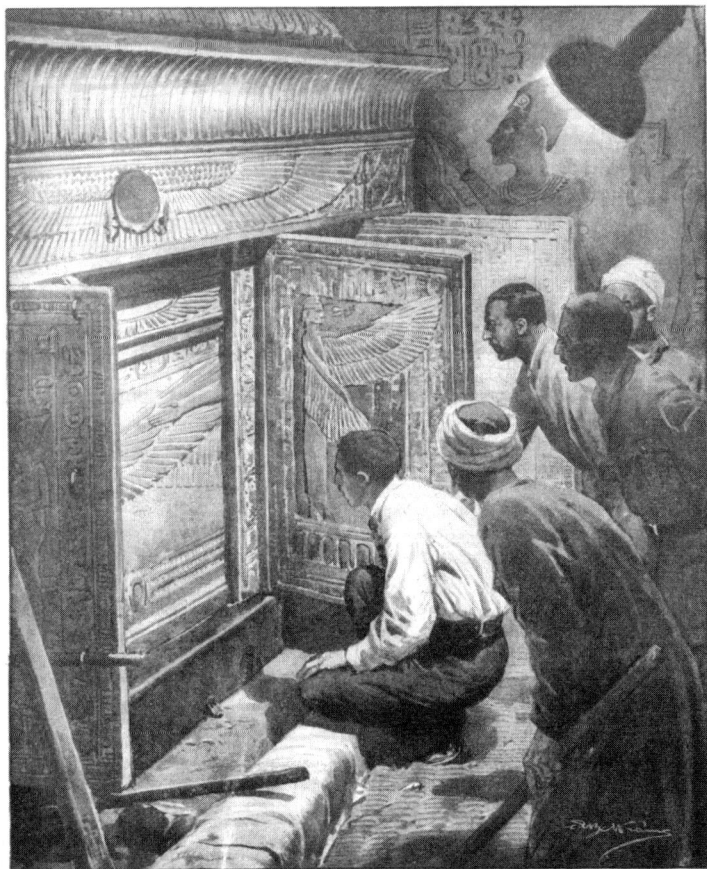

La luce finalmente nelle tenebre trimillenarie di Tutankamen.
La scena culminante degli scavi di Luxor: il primo sguardo nel sontuoso sarcofago del re egizio.

(Disegno di A. Beltrame).

第八章

最终解释

1985 年 12 月 20 日，亚历克斯长长地舒了一口气。经过了两个月忙碌的写作，这位老人终于完成了整本书的撰写工作。在书中他讲述了自己和霍华德·卡特以及整个科考队一起发掘图坦卡蒙陵墓过程中的点点滴滴。书中还详尽地介绍了他做的调查——作为一名认真敬业、激情满溢的记者，他一直在努力解开那一连串神秘死亡事件的真相。

尽管亚历克斯感到十分疲惫，但是他很高兴自己终于完成了一项大工程。几个星期以来，能够重新全身心地沉浸在这段丰富而闪光的经历中，回忆六十多年前的过去，保留这段完整的记忆，让他感到十分骄傲。不管怎样，就像珍妮小姐说的那样，在 85 岁的年纪，他更喜欢回望过去，而不是展望将来……

事实上，他还掌握着解决谜团的关键，至少是一部分的关键。他面带微笑，读着他刚刚在打字机上写完的最后一页：

　　其实，当我全部写完后，所谓的图坦卡蒙诅咒的神秘面纱也基本揭开了。法国医生卡洛琳娜·斯坦热－菲利普提供了一种解释，解释了一部分神秘死亡事件——元凶其实是法老的食物。三千年以来，它们被存放在图坦卡蒙密闭的陵墓中。过去的几个世纪，这些供法老在通向永生之旅的路途中享用的食物慢慢腐败了，关于这点我在前文中已经做过解释。食物长出了霉菌。这些真菌和灰尘一起能引起很严重的过敏反应。（我记得，陵墓中的空气真的令人难以呼吸，非常潮湿，而且满是灰尘，我现在还记得喉咙中那种呛人的气味！）一旦吸入这些微粒，人体便会产生严重的过敏，接踵而来的就是重症肺炎……在一些人身上，尤其是肺部虚弱的人身上，肺炎可能造成猝死。比如亿万富翁杰·古尔德、拉福勒教授、亚瑟·马斯教授和乔治·本尼迪克特教授。

当然，也有许多参观过陵墓的人能够抵抗这些真菌。霍华德·卡特在陵墓发掘工作完成多年之后才去世。1939 年，他去世时已经六十多岁了。他的摄像师哈里·波顿在不久后去世，助手亚瑟·卡兰德在此前的 1936 年去世，都是正常死亡。解剖木乃伊的道格拉斯·德瑞教授在 80 岁高龄离世，伊芙琳·赫伯特小姐在 1980 年过世。至于我，我这个年龄的人，身体再健康不过，尽管在法老的陵墓中待了很久，而且度过了难忘的一夜！图坦卡蒙的诅咒现在只是一个传说！

亚历克斯把最后一页书稿放在书桌上，陷入了沉思。然而，还是有几起死亡事件蒙着神秘的面纱，比如休·伊夫林－怀特教授，在提到一个恐怖的咒语后就上吊自杀了；比如给木乃伊拍过 X 光的阿西巴德·道格拉斯·里德；还有卡特的私人助理理查德·贝塞尔，谣传在睡梦中被绞死；另外还有贝塞尔的父亲维斯特布里爵士，行动困难，却在儿子死后，能够独自从寓所的窗户跳下……

公寓的门铃声打断了亚历克斯的思绪。他的女儿和亲爱的外孙女艾什莉如约前来看望他，老人曾经答应小姑娘下午要带她去大英博物馆，再看看古埃及的文物。艾什莉不愿意自己一个人去，每次，她都如饥似渴地听外公讲述展品的历史和故事，听外公讲述年轻时在埃及的经历。

这次，他们很自然地来到了木乃伊前。小姑娘被完全吸引住了，她把鼻子贴在玻璃展柜上，睁着大大的绿眼睛，盯着里面的木乃伊。亚历克斯站在小女孩身后，和木乃伊保持距离。尽管他的恐惧已经消除了，但心底还是残留着那种道不明的不适感，令他不由自主浑身发抖。

艾什莉轻轻地握着外公的手，应该也感到了他在发抖。她小声地说："别紧张，外公，木乃伊不会伤害我们的，它们会永远地沉睡下去！对了，我能不能读一读您写的关于图坦卡蒙的诅咒的书？里面写的都是故事，不是真事吧？"

他笑了："对，诅咒的确是故事，但其中也包含着一部分科学解释！等你将来当上了记者，我还要靠你去调查那些未解之谜，好吗，小宝贝？而我，我的任务已经完成了……"

"一言为定，外公！"

五年后，1990年的秋天，一个温和的早晨，亚历山大·斯努普安详地躺在床上，咽下了最后一口气。离去之前，他很满意地发现自己的书深受读者的喜爱，这令他身心安宁。金色的阳光洒满了房间，亦如那些过去的旧时光，他精力满满地"醒来"，准备徒步去探索国王谷中那些屹立在沙漠中的峭壁。

许多年过去了，亚历山大的外孙女艾什莉出落成了一个精力充沛的少女，她性格活泼，富有决断力，坚韧但却充满柔情，对事物总是充满了好奇心。她长着尖尖的鼻子，目光炯炯有神，和她的外祖父一样，她谨记幼时的抱负，成了一名调查记者，写出了各类报道，对古埃及文化尤为感兴趣。她的小猫巴斯代陪伴着她走遍各地。她很喜欢打听八卦。她一直戴着外祖父送的"荷鲁斯之眼"，并将它视若珍宝。就好像她已经感觉到，今后它将成为自己的保护神。至少，能够在她惊险的人生中保护她，保护她顺利度过一千零一次危险？

艾什莉继续着亚历克斯未完成的事业。她想要更多地了解图坦卡蒙，尤其是他的神秘死亡，究竟是暗杀还是……

2005 年，她采访了一队埃及、意大利和德国科学家。这些人都是基因学或遗传科学方面的专家，他们对图坦卡蒙的木乃伊十分感兴趣。他们的发现很惊人：一方面，他们确认这位少年法老的母亲其实是其父阿肯纳顿的亲妹妹，而不是美女王后纳芙蒂蒂——阿肯纳顿的正式配偶；另一方面，通过对木乃伊的仔细分析，他们最终解开了法老死亡之谜。年轻的国王得了一种遗传性疾病，他的脚骨严重变形，可怜的人生前遭受着巨大的痛苦，步履蹒跚，不得不借助拐杖才能行走，从他的陵墓中也发现了数量惊人王室专用拐杖！这种畸形源于乱伦，也就是法老家族中常见的近亲结婚：姐弟之间、兄妹之间或者父女之间。当时的人认为这样能够保持皇家血统的纯洁性！但实际上，经过几代的结合，只会产生许多遗传性疾病。

另外，艾什莉从科学家们那里得知，图坦卡蒙得了一种严重的疟疾。如果被几种蚊子叮咬，就可能感染疟疾，引起高烧和身体疼痛。又由于脚部变形，行走困难，很可能图坦卡蒙在重重摔过一跤之后，摔断了腿。此后，他只能卧床，身体日渐虚弱，加上疟疾的大发作，最终导致了他的死亡。事实上并没有人暗杀这位年轻的法老，他死于疾病！

艾什莉真希望外祖父能够知道这些真相……

她曾经向一位学者求教：两个被做成木乃伊的婴儿是不是也患有同样严重的遗传性疾病？得到的答案是肯定的：图坦卡蒙和安克赫森娜蒙的孩子也因为这种严重的疾病而夭折，所以这位法老没有子嗣。

年轻的记者艾什莉还认真调查了几起可疑的死亡事件。这几起事件传言与法老陵墓的发掘有关，也是亚历克斯生前一直十分感兴趣的。艾什莉经过四处打听，大量阅读相关资料，询问相关人员之后，找到了一个很特殊的人：阿莱斯特·克劳利。克劳利是英国人，是魔鬼撒旦和古埃及文化的爱好者，死于 1947 年。在卡特生活的时代，克劳利正沉迷于研究黑魔法，据说，他能够施魔法让死者开口说话。他还声称，能够让自己隐身，但同时他还是个重度瘾君子……

克劳利认为，深入图坦卡蒙的王陵，挖掘尸体是触犯神灵的做法！艾什莉由此大胆假设：克劳利可能是系列死亡事件的杀人凶手，他暗杀科考队成员的目的是惩罚他们！他的作案路线同几个伦敦"诅咒受害人"的死亡地点正好吻合。以霍华德·卡特的私人助理理查德·贝塞尔的事件为例：克劳利经常去贝塞尔出入的绅士俱乐部，他可能利用机会把贝塞尔闷死在睡梦中。贝塞尔的父亲，也就是老维斯特布里爵士可能也是被克劳利从公寓的窗户推下去的。

另外还有一件可疑的谋杀案：阿里·卡麦尔·贝王子之死。艾什莉通过收集到的种种证据发现，克劳利可能是王妃的情人，他操控王妃开枪杀死了王子，一方面可以摆脱王子，另一方面又报了仇。至于卡尔纳冯爵士同父异母的兄弟奥布里·赫伯特的死，也同样很有可能是克劳利怂恿王妃所为，赫伯特很可能在拔牙后被毒死。

但是，这一连串著名死亡事件的相关证据并不确凿。艾什莉下决心用理智、观察力和直觉，继续耐心地追查下去。她始终怀着这种愿望，像外祖父那样，了解这个世界，解开谜题。

年轻俊美的法老

对于图坦卡蒙，我们知之甚少。他统治期间，也没有任何大的建树。而王陵的发现，却让他声名显赫！这幅绘制于 20 世纪的画像似乎同他本人相差甚远，但随着近期现代数字技术的发展，人们通过对木乃伊的扫描，第一次还原出了这位年轻法老的大致面容。我们由此知道，年轻的法老剃了头发，面部修长，脸色红润，嘴唇丰满，但对于鼻子和耳朵的具体形状，我们目前还不得而知。一切都有待继续考证！

La Malédiction de Toutankhamon © Bayard Editions, France, 2013

Author：Pascale Hédelin

Illustrator：Karim Friha

Simplified Chinese edition arranged through Dakai Agency

Simplified Chinese Translation Copyright © 2024 by Beijing Red Dot

Wisdom Culture Developing Limited Co., Ltd

著作权登记号　图字：01-2024-1190

图书在版编目（CIP）数据

图坦卡蒙的诅咒 /（法）帕斯卡尔·艾德兰著 ;（法）卡里姆·福里
亚绘 ; 顾珏弘译 . — 北京 : 北京科学技术出版社，2024.5
（历史之谜少年科学推理小说）
ISBN 978-7-5714-3502-8

Ⅰ . ①图… Ⅱ . ①帕… ②卡… ③顾… Ⅲ . ①儿童小说 - 中篇小说 -
法国 - 现代 Ⅳ . ① I565.84

中国国家版本馆 CIP 数据核字（2024）第 009431 号

特约策划：红点智慧	**电　话**：0086-10-66135495（总编室）
策划编辑：黄　莺	0086-10-66113227（发行部）
责任编辑：郑宇芳	**网　址**：www.bkydw.cn
营销编辑：赵倩倩	**印　刷**：保定市中画美凯印刷有限公司
责任印制：吕　越	**开　本**：889 mm×1194 mm　1/32
出 版 人：曾庆宇	**字　数**：62 千字
出版发行：北京科学技术出版社	**印　张**：3.5
社　址：北京西直门南大街 16 号	**版　次**：2024 年 5 月第 1 版
邮政编码：100035	**印　次**：2024 年 5 月第 1 次印刷

ISBN 978-7-5714-3502-8

定　价：25.00 元